卷四

聲聲慢

己亥歲，自台回杭。雁旅數月，復起遠興。余冉冉老矣，誰能重寫舊遊編否。

穿花省路，傍竹尋鄰，如何故隱都荒。問取堤邊，因甚減却垂楊。消磨縱然未盡，滿烟波、添了斜陽。空嘆息，又翻成無限，杜老凄凉。　一舸清風何處，把秦山晉水，分貯詩囊。髮已飄飄，休問歲晚空江。松陵試招舊隱，怕白鷗、猶識清狂。漸遡遠，望并州、却是故鄉。

【詞評】

陸輔之《詞旨》卷上：樂笑翁奇對：「穿花省路，傍竹尋鄰」。

杏花天

賦疏杏

湘羅幾翦黏新巧。似過雨、胭脂全少。不教枝上春痕鬧。都被海棠分了。　帶柳色、愁眉暗惱。謾遙指、孤村自好。深巷明朝休起早。空等賣花人到。

醉落魄

柳侵闌角。畫簾風軟紅香泊。引人蝴蝶翻輕薄。已自關情，和夢近來惡。　眉梢輕把閑愁著。如今愁重眉梢弱。雙眉不畫愁消却。不道愁痕，來傍眼邊覺。

甘州

題戚五雲雲山圖

過千巖萬壑古蓬萊，招隱竟忘還。想乾坤清氣，霏霏冉冉，却在闌干。洞户來時不鎖，歸水映花關。祇可自怡悦，持寄應難。　狂客如今何處，甚酒船去後，烟水空寒。正黄塵没馬，林下一身閑。幾消凝、此圖誰畫，細看來、元不是終南。無心好、休教出岫，祇在深山。

小重山

賦雲屋

清氣飛來望似空。數椽何用草，膝堪容。捲將一片當簾櫳。難持贈，祇在此山中。　魚影倦隨風。無心成雨意，又西東。都緣窗户自玲瓏。江楓外，不隔夜深鐘。

聲聲慢

西湖

晴光轉樹，曉氣分嵐，何人野渡横舟。斷柳枯蟬，凉意正滿西州。匆匆載花載酒，便無情、也自風流。芳晝短，奈不堪深夜，秉燭來遊。　誰識山中朝暮，向白雲一笑，今古無愁。散髮吟商，此興萬里悠悠。清狂未應似我，倚高寒、隔水呼鷗。須待月，許多清、都付與秋。

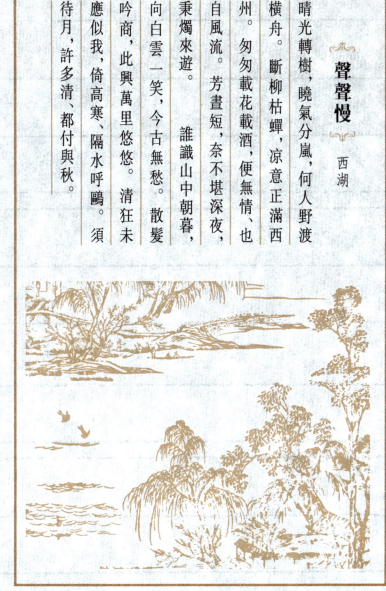

木蘭花慢　爲静春賦

幽栖身懶動，邃庭悄、日偏長。甚不隱山林，不喧車馬，不斷生香。澄心淡然止水，笑東風、引得落花忙。慵對魚翻暗藻，閑留鶯管垂楊。徜徉。净几明窗。穿窈窕、染芬芳。看白鶴無聲，蒼雲息影，物外行藏。桃源去塵更遠，問當年、何事識漁郎。争似重門晝掩，自看生意池塘。

玉蝴蝶　賦玉綉球花

留得一團和氣，此花開盡，春已規圓。虚白窗深，恍訝碧落星懸。揚芳叢、低翻雪羽，凝素艷、争簇冰蟬。向西園。幾回錯認，明月秋千。欲覓生香何處，盈盈一水，空對娟娟。待折歸來，倩誰偷解玉連環。試結取、鴛鴦錦帶，好移傍、鸚鵡珠簾。晚階前。落梅無數，因甚啼鵑。

南樓令　壽邵素心席間賦

一片赤城霞。無心戀海涯。遠飛來、喬木人家。且向琴書深處隱，終勝似、聽琵琶。　休近七香車。年華已破瓜。怕依然、劉阮桃花。欲問長生何處好，金鼎内、轉丹砂。

國香　賦蘭

空谷幽人。曳冰簪霧帶，古色生春。結根未同蕭艾，獨抱孤貞。自分生涯淡薄，隱蓬蒿、甘老山林。風烟伴憔悴，冷落吴宫，草暗花深。　霽痕消蕙雪，向崖陰飲露，應是知心。所思何處，愁滿楚水湘雲。肯信遺芳千古，尚依依、澤畔行吟。香痕已成夢，短操誰彈，月冷瑶琴。

探春慢

己亥客闔閭，歲晚江空，暖雨奪雪，篝燈顧影，依依可憐。作此曲，寄戚五雲。書之，幾脫腕也。

列屋烘爐，深門響竹，催殘客裏時序。投老情懷，薄遊滋味，消得幾多淒楚。聽雁聽風雨，更聽過、數聲柔櫓。暗將一點心，試托醉鄉分付。借問西樓在否。休忘了盈盈，端正窺戶。鐵馬春冰，柳蛾晴雪，次第滿城簫鼓。閑見誰家月，渾不記、舊遊何處。伴我微吟，恰有梅花一樹。

燭影搖紅

答邵素心

隔水呼舟，採香何處追遊好。一年春事二分花，猶有花多少。容易繁華過了。趁園林、飛紅未掃。舊醒新醉，幾日不來，緑陰芳草。

木蘭花慢

丹谷園

萬花深處隱，安一點、世塵無。步翠麓幽尋，白雲自在，流水縈紆。攜歌緩遊細賞，倩何人、重寫輞川圖。遲日香生草木，淡風聲和琴書。安居。歌引巾車。童放鶴、我知魚。看靜裏閑中，醒來醉後，樂意偏殊。桃源帶春去遠，有園林、如此更何如。回首丹光滿谷，恍然却是蓬壺。

意難忘

中吴車氏，號秀卿，樂部中之翹楚者，歌美成曲，得其音旨。余每聽，輒愛嘆不能已，因賦此以贈。余謂有善歌而無善聽，雖抑揚高下，聲字相宣，傾耳者指不多屈。曾不若春蚓秋蛩，爭聲響於月籬烟砌間，絶無僅有。余深感於斯，爲之賞音，豈亦善聽者耶。

風月吴娃。柳陰中認得，第二香車。春深妝減艷，波轉影流花。鶯語滑，透紋紗。有低唱人誇。怕誤却，周郎醉眼，倚扇佯遮。底須拍碎紅牙。聽曲終奏雅，可是堪嗟。無人知此意，明月又誰家。塵滚滚，老年華。付情在琵琶。更嘆我，黄蘆苦竹，萬里天涯。

壺中天

養拙園夜飲

瘦筇訪隱，正繁陰閑鎖，一壺幽緑。喬木蒼寒圖畫古，窈窕行人韋曲。鶴響天高，水流花净，笑語通華屋。虚堂松外，夜深凉氣吹燭。樂事楊柳樓心，瑶臺月下，有生香堪掬。誰理商聲簾外悄，蕭瑟懸璫鳴玉。一笑難逢，四愁休賦，任我雲邊宿。倚蘭歌罷，露螢飛上秋竹。

又

賦秀野園清暉堂

穿幽透密，傍園林宴樂，清時鐘鼓。簾隔波紋分畫影，融得一壺春聚。篆徑通花，花多迷徑，難省來時路。緩尋深静，野雲松下無數。空翠暗濕荷衣，夷猶舒嘯，日涉成佳趣。香雪因風晴更落，知是山中何樹。響石横琴，懸崖擁檻，待月慵歸去。忽來詩思，水田飛下白鷺。

清波引

横舟。是時以湖湘廉使歸。

江濤如許。更一夜聽風聽雨。短篷容與。盤礴那堪數。弭節澄江樹。不爲蓴鱸歸去。怕教冷落蘆花，誰招得舊鷗鷺。　寒汀古溆。盡日無人喚渡。此中清楚。寄情在譚麈。難覓真閑處。肯被水雲留住。冷然棹入川流，去天尺五。

【詞評】

徐立本《詞律拾遺》卷三：前後第五句俱叶。後次句比白石八十四字體少一字，平仄亦稍異。

暗香

送杜景齋歸永嘉

猗蘭聲歇。抱孤琴思遠，幾番彈徹。洗耳無人，寂寂行歌古時月。一笑東風又急。黯消凝、恨聽啼鴂。想少陵、還嘆飄零，遣興在吟篋。　愁絶。更離別。待款語遲留，賦歸心切。故園夢接。花影閑門掩春蝶。重訪山中舊隱，有羈懷、未須輕説。莫相忘，堤上柳、此時共折。

一萼紅

東季博園池在平江文廟前

艤孤篷。正叢篁護碧，流水曲池通。傴僂穿巖，紆盤尋徑，忽見倒影凌空。擁一片、花陰無地，細看來、猶帶古春風。勝事園林，舊家陶謝，詩酒相逢。　眼底烟霞無數，料神仙即我，何處崆峒。清氣分來，生香不斷，洞户自有雲封。認奇字、摩挲峭石，聚萬景、衹在此山中。人倚虛闌喚鶴，月白千峰。

霜葉飛

悼澄江吴立齋。南塘、不礙、雲山，皆其亭名。

故園空杳。霜風勁、南塘吹斷瑤草。已無清氣礙雲山，奈此時懷抱。尚記得、修門賦曉。杜陵花竹歸來早。傍雅亭幽榭，慣款語英遊，好懷無限歡笑。　不見換羽移商，杏梁塵遠，可憐都付殘照。坐中泣下最誰多，嘆賞音人少。悵一夜、梅花頓老。今年因甚無詩到。待喚起、清魂□。説與凄涼，定應愁了。

【詞評】

徐立本《詞律拾遺》卷六：前結十一字兩句上五下六。後結十三字三句，一五兩句少一字，俱與一百一十字吴（文英）詞異。

梁啓勛《詞學》上編：詞有暗韻，即《詞律》所謂藏短韻於句中者是也。如《霜葉飛》起句之第四字是。

憶舊遊

寄友

記瓊筵卜夜，錦檻移春，同惱鶯嬌。暗水流花徑，正無風院落，銀燭遲銷。鬧枝淺壓髻髻，香臉泛紅潮。甚如此遊情，還將樂事，輕趁冰消。　飄零又成夢，但長歌裊裊，柳色迢迢。一葉江心冷，望美人不見，隔浦難招。認得舊時鷗鷺，重過月明橋。溯萬里天風，清聲謾憶何處簫。

木蘭花慢

舟中有懷澄江陸起潛皆山樓昔遊

水痕吹杏雨，正人在、隔江船。看燕集春蕪，漁栖暗竹，濕影浮烟。餘寒尚猶戀柳，怕東風、未肯擘晴綿。愁重遲教醉醒，夢長催得詩圓。　樓前。笑語當年。情款密、思留連。記白月依弦，青天墮酒，衮衮山川。垂髫至今在否，倚飛臺、誰擲買花錢。不是尋春較晚，都緣聽得啼鵑。

瀟瀟雨

泛江有懷袁通父唐月心

空山彈古瑟，掬長流、洗耳復誰聽。倚闌干不語，江潭樹老，風挾波鳴。愁裏不須啼鴂，花落石床平。歲月鷗前夢，耿耿離情。　記得相逢竹外，看詞源倒瀉，一雪塵纓。笑匆匆呼酒，飛雨夜舟行。又天涯、零落如此，掩閑門、得似晉人清。相思恨，趁楊花去，錯到長亭。

臺城路

抵吴書寄舊友

分明柳上春風眼，曾看少年人老。雁拂沙黄，天垂海白，野艇誰家昏曉。驚心夢覺。謾慷慨悲歌，賦歸不早。想得相如，此時終是倦遊了。　經行歲度怨别，酒痕消未盡，空被花惱。茂苑重來，竹溪深隱，還勝飄零多少。羈懷頓掃。尚識得妝樓，那回蘇小。寄語盟鷗，問春何處好。

木蘭花慢

趙鶴心問余近況書以寄之

目光牛背上，更時把、漢書看。記落葉江城，孤雲海樹，漂泊忘還。懸知偶然是夢，夢醒來、未必是邯鄲。笑指螢燈借暖，愁憐鏡雪驚寒。投閑。寄傲怡顔。要一似、白鷗閑。且旋緝荷衣，琴尊客裏，歲月人間。菟裘漸營瘦竹，任重門、近水隔花關。數畝清風自足，元來不在深山。

瑤臺聚八仙

杭友寄聲以詞答意

秋水涓涓。人正遠、魚雁待拂吟箋。也知遊意，多在第二橋邊。花底鴛鴦深處影，柳陰淡隔裏湖船。路綿綿。夢吹舊笛，如此山川。平生幾兩謝屐，任放歌自得，直上風烟。峭壁誰家，長嘯竟落松前。十年孤劍萬里，又何似、畦分抱瓮泉。山中酒，且醉餐石髓，白眼青天。

摸魚子

寓澄江喜魏叔皋至

想西湖、段橋疏樹。梅花多是風雨。如今見説閑雲散，烟水少逢鷗鷺。歸未許。又款竹誰家，遠思愁□庾。重遊倦旅。縱認得鄉山，長江滚滚，隔浦正延佇。垂楊渡。握手荒城舊侶。不知來自何處。春窗翦韭青燈夜，疑與夢中相語。闌屢拊。甚轉眼流光，短髮真堪數。從教醉舞。試借地看花，揮毫賦雪，孤艇且休去。

壺中天

陸性齋築葫蘆庵，結茅於上，植桃於外，扁曰小蓬壺。

海山縹緲。算人間自有，移來蓬島。一粒粟中生倒景，日月光融丹竈。玉洞分春，雪巢不夜，心寂凝虛照。鶴溪遊處，肯將琴劍同調。

休問挂樹瓢空，窗前清意，贏得不除草。祇恐漁郎曾誤入，翻被桃花一笑。潤色茶經，評量山水，如此閑方好。神仙陸地，長房應未知道。

風入松

題澄江仙刻海山圖。或云桃源圖。《夷堅志》云：七十二女仙，正合霓裳古曲。仇仁近一詩精妙詳盡，余詞不能工也。

危樓古鏡影猶寒。倒景忽相看。桃花不識東西晉，想如今、也夢邯鄲。縹緲神仙海上，飄零圖畫人間。

寶光丹氣共回環。水弱小舟閑。秋風難老三珠樹，尚依依、脆管清彈。說與霓裳莫舞，銀橋不到深山。

數花風

別義興諸友

好遊人老，秋鬢蘆花共色。征衣猶戀去年客。古道依然黃葉。誰家蕭瑟。自笑我、如何是得。

酒樓仍在，流落天涯醉白。孤城寒樹美人隔。烟水此程應遠，須尋梅驛。又漸數、花風第一。

南樓令

風雨怯殊鄉。梧桐又小窗。甚秋聲、今夜偏長。憶著舊時歌舞地，誰得似、牧之狂。

茉莉擁釵梁。雲窩一枕香。醉瞢騰、多少思量。明月半床人睡覺，聽說道、夜深涼。

又

送黄一峰遊靈隱

重整舊漁蓑。江湖風雨多。好襟懷、近日消磨。流水桃花隨處有，終不似、隱烟蘿。

南浦又漁歌。挑雲泛遠波。想孤山、山下經過。見說梅花都老盡，憑爲問、是如何。

淡黄柳

贈蘇氏柳兒

楚腰一捻。羞翦青絲結。力未勝春嬌怯怯。暗托鶯聲細說。愁蹙眉心鬥雙葉。

正情切。柔枝未堪折。應不解、管離別。奈如今、已入東風睫。望斷章臺，馬蹄何處，閑了黄昏淡月。

清平樂

候蛩凄斷。人語西風岸。月落沙平江似練。望盡蘆花無雁。

暗教愁損蘭成，可憐夜夜關情。祇有一枝梧葉，不知多少秋聲。

【詞評】

許昂霄《詞綜偶評》：《清平樂》（「祇有一枝梧葉」二句）淡語能腴，常語有致，唯玉田爲然。

虞美人

余昔賦柳兒詞，今有杜牧重來之嘆。劉夢得詩云：『春盡絮飛留不住，隨風好去落誰家。』作憶柳曲。

修眉刷翠春痕聚。難翦愁來處。斷絲無力綰韶華。也學落紅流水、到天涯。　那回錯認章臺下。却是陽關也。待將新恨趁楊花。不識相思一點、在誰家。

減字木蘭花

寄車秀卿

鎖香亭榭。花艷烘春曾卜夜。空想芳遊。不到秋涼不信愁。　酒遲歌緩。月色平分窗一半。誰伴孤吟。手擘黃花碎却心。

踏莎行

柳未三眠，風纔一訊。催人步屧吹笙徑。可曾中酒似當時，如今却是看花病。　老願春遲，愁嫌晝靜。秋千院落寒猶剩。捲簾休問海棠開，相傳燕子歸來近。

南鄉子

憶春

歌扇錦連枝。問著東風已不知。怪底樓前多種柳，相思。那葉渾如舊樣眉。　醉裏眼都迷。遮莫東墻帶笑窺。行到尋常遊冶處，慵歸。祇道看花似向時。

蝶戀花 贈楊柔卿

頗愛楊瓊妝淡注。猶理螺鬟，擾擾松雲聚。兩翦秋痕流不去。佯羞却把周郎顧。

欲訴閑愁無説處。幾過鶯簾，聽得間關語。昨夜月明香暗度。相思忽到梅花樹。

又 陸子方飲客杏花下

仙子鋤雲親手種。春鬧枝頭，消得微霜凍。可是東風吹不動。金鈴懸網珊瑚重。

社燕盟鷗詩酒共。未足遊情，剛把斜陽送。今夜定應歸去夢。青蘋流水簫聲弄。

又 賦艾花

巧結分枝粘翠艾。翦翦香痕，細把泥金界。小簇葵榴芳錦隘。紅妝人見應須愛。

午鏡將拈開鳳蓋。倚醉凝嬌，欲戴還慵戴。約臂猶餘朱索在。梢頭添挂朱符袋。

清平樂 贈處梅

暗香千樹。結屋中間住。明月一方流水護。夢入梨雲深處。

清冰隔斷塵埃。無人踏碎蒼苔。一似逋仙歸後，吟詩不下山來。

卷五

燭影搖紅

隔窗聞歌

閑苑深迷，趁香隨粉都行遍。隔窗花氣暖扶春，祇許鶯鶯占。燭焰晴烘醉臉。想東鄰、偷窺笑眼。欲尋無處，暗掐新聲，銀屏斜掩。　一片雲閑，那知顧曲周郎怨。看花猶自未分明，畢竟何時見。已信仙緣較淺。謾凝思、風簾倒捲。出門一笑，月落江橫，數峰天遠。

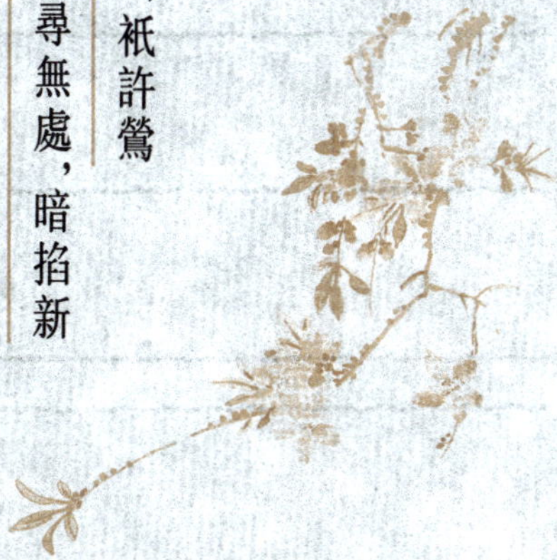

露華

碧桃

亂紅自雨，正翠蹊誤曉，玉洞明春。蛾眉淡掃，背風不語盈盈。莫恨小溪流水，引劉郎、不是飛瓊。羅扇底，從教净冶，遠障歌塵。　一掬瑩然生意，伴壓架酴醾，相惱芳吟。玄都觀裏，幾回錯認梨雲。花下可憐仙子，醉東風、猶自吹笙。殘照晚，漁翁正迷武陵。

解語花

吴子雲家姬號愛菊善歌舞忽有朝雲之感作此以寄

行歌趁月，喚酒延秋，多買鶯鶯笑。蕊枝嬌小。渾無奈、一掬醉鄉懷抱。籌花鬥草。幾曾放、好春閑了。芳意闌，可惜香心，一夜酸風掃。　海上仙山縹緲。問玉環何事，苦無分曉。舊愁空杳。藍橋路、深掩半庭斜照。餘情暗惱。都緣是、那時年少。驚夢回、懶説相思，畢竟如今老。

祝英臺近

余老矣賦此爲袁鶴問

及春遊，卜夜飲，人醉萬花醒。轉眼年華，白髮半垂領。與鷗同一清波，風蘋月樹，又何事、浮蹤不定。　静中省。便須門掩柴桑，黃卷伴孤隱。一粟生涯，樂事在瓢飲。愛閑休説山深，有梅花處，更添個、暗香疏影。

瑶臺聚八仙

菊日寓義興，與王覺軒會飲，酒中書送白廷玉。

楚竹閑挑。千日酒、樂意稍稍漁樵。那回輕散，飛夢便覺迢遥。似隔芙蓉無路到，如何共此可憐宵。舊愁消。故人念我，來問寂寥。　登臨試開笑口，看垂垂短髮，破帽休飄。款語微吟，清氣頓掃花妖。明朝柳岸醉醒，又知在、烟波第幾橋。懷人處，任滿身風露，踏月吹簫。

滿江紅

贈韞玉，傳奇惟吴中子弟爲第一。

傅粉何郎，比玉樹、瓊枝謾誇。看生子、東塗西抹，笑語浮華。蝴蝶一生花裏活，似花還却似非花。最可人、嬌艷正芳年，如破瓜。　離别恨，生嘆嗟。歡情事，起喧嘩。聽歌喉清潤，片玉無瑕。洗盡人間笙笛耳，賞音多向五侯家。好思量、都在步蓮中，裙翠遮。

【詞評】

夏敬觀《映庵詞評》：「似花」句乃玉田爛調，如是者不止一處。東坡妙句，被玉田抄壞矣。

摸魚子

別處梅

向天涯、水流雲散，依依往事非舊。西湖見説鷗飛去，知有海翁來否。風雨後。甚客裏逢春，尚記花間酒。空嗟皓首。對茂苑殘紅，携歌占地，相趁小垂手。　歸時候。花徑青紅尚有。好遊何事詩瘦。龜蒙未肯尋幽興，曾戀志和漁叟。吟嘯久。愛如此清奇，歲晚忘年友。呼船渡口。嘆西出陽關，故人何處，愁在渭城柳。

南鄉子

爲處梅作

風月似孤山。千樹斜横水一環。天與清香心獨領，怡顔。冰雪中間屋數間。　庭户隔塵寰。自有雲封底用關。却笑桃源深處隱，躋攀。引得漁翁見不難。

南樓令

送韓竹間歸杭，并寫未歸之意。

一見又天涯。人生可嘆嗟。想難忘、江上琵琶。詩酒一瓢風雨外，都莫問，是誰家。　憐我鬢先華。何愁歸路賒。向西湖、重隱烟霞。説與山童休放鶴，最零落，是梅花。

醉落魄

題趙霞谷所藏吴夢窗親書詞卷

鏤花鐫葉。滿枝風露和香擷。引將芳思歸吟篋。夢與魂同，閑了弄香蝶。　小樓簾捲歌聲歇。幽篁獨處泉嗚咽。短箋空在愁難説。霜角寒梅，吹碎半江月。

壺中天

客中寄友

西秦倦旅。是幾年不聽，西湖風雨。我托長鑱垂短髮，心事時看天語。吟篋空隨，征衣休換，薜荔猶堪補。山能招隱，一瓢閑挂烟樹。　方嘆舊國人稀，花間忽見，傾蓋渾如故。客裏不須談世事，野老安知今古。海上盟鷗，門深款竹，風月平分取。陶然一醉，此時愁在何處。

聲聲慢

和韓竹閒韻贈歌者關關在兩水居

鬢絲濕霧，扇錦翻桃，尊前乍識歐蘇。賦筆吟箋，光動萬顆驪珠。英英歲華未老，怨歌長、空擊銅壺。細看取，有飄然清氣，自與塵疏。　兩水猶存三徑，嘆緑窗窈窕，謾長新蒲。茂苑扁舟，底事夜雨江湖。當年柳枝放却，又不知、樊素何如。向醉裏，暗傳香、還記也無。

清平樂

題處梅家藏所南翁畫蘭

黑雲飛起。夜月啼湘鬼。魂返靈根無二紙。千古不隨流水。　香心淡染清華。似花還似非花。要與閑梅相處，孤山山下人家。

臺城路

餞千壽道應舉

幾年槐市槐花冷，天風又還吹起。故篋重尋，閑書再整，猶記燈窗滋味。渾如夢裏。見説道如今，早催行李。快買扁舟，第一橋邊趁流水。　陽關須是醉酒，柳條休要折，争似攀桂。舊有家聲，榮看世美，方了平生英氣。瓊林宴喜。帶雪絮歸來，滿庭春意。事業方新，大鵬九萬里。

壺中天

咏周静鏡園池

萬塵自遠，徑松存、仿佛斜川深意。烏石岡邊猶記得，竹裏吟安一字。暗葉禽幽，虛闌荷近，暑薄遲花氣。行行且止，枯瓢枝上閑寄。　不恨老却流光，可憐歸未得，翻恨流水。落落嶺頭雲尚在，一笑生涯如此。樹老梅荒，山孤人共，隔浦船歸未。劃然長嘯，海風吹下空翠。

如夢令

處梅列芍藥於几上酌，余不覺醉酒，陶然有感。

隱隱烟痕輕注。拂拂脂香微度。十二小紅樓，人與玉簫何處。歸去。歸去。醉插一枝風露。

祝英臺近

寄陳直卿

路重尋，門半掩、苔老舊時樹。採藥雲深，童子更無語。怪他流水迢迢，湖天日暮，想祇在、蘆花多處。　謾延佇。姓名題上芭蕉，涼夜未風雨。賦了秋聲，還賦斷腸句。幾回獨立長橋，扁舟欲喚，待招取、白鷗歸去。

如夢令

題漁樂圖

不是瀟湘風雨。不是洞庭烟樹。醉倒古乾坤，人在孤篷來處。休去。休去。見說桃源無路。

桂枝香

如心翁置酒桂下，花晚而香益清，坐客不談俗事，惟論文。主人歡甚，余歌美成詞。

琴書半室。向桂邊偶然，一見秋色。老樹香遲，清露綴花疑滴。山翁翻笑如泥醉，笑生平、無此狂逸。晉人遊處，幽情付與，酒尊吟筆。

任蕭散、披襟岸幘。嘆千古猶今，休問何夕。髮短霜濃，却恐浩歌消得。明年野客重來此，探枝頭、幾分消息。望西樓遠，西湖更遠，也尋梅驛。

瑤臺聚八仙

爲焦雲隱賦

春樹江東。吟正遠、清氣竟入崆峒。問余栖處，祇在縹緲山中。此去山中何所有，芰荷製了集芙蓉。且扶笻。倦遊萬里，獨對青松。

行藏也須在我，笑晉人爲菊，出岫方濃。淡然無心，古意且許誰同。飛符夜深潤物，自呼起蒼龍雨太空。舒還捲，看滿樓依舊，霽日光風。

又

余昔有《梅影》詞，今重爲模寫。

近水横斜。先得月、玉樹宛若籠紗。散迹苔烟，墨暈净洗鉛華。誤人羅浮身外夢，似花又却似非花。探寒葩。倩人醉裏，扶過溪沙。竹籬幾番倦倚，看乍無乍有，如寄生涯。更好一枝，時到素壁檐牙。香深與春暗却，且休把江頭千樹誇。東家女，試淡妝顛倒，難勝西家。

又

咏鴛鴦菊

老圃堪嗟。深夜雨、紫英猶傲霜華。暖宿籬根，飛去想怯寒沙。採摘浮杯如戲水，晚香淡似夜來些。背風斜。翠苔徑裏，描綉人誇。白頭共開笑口，看試妝滿插，雲髻雙丫。蝶也休愁，不是舊日疏葩。連枝願爲比翼，問因甚寒城獨自花。悠然意，對九江山色，還醉陶家。

西江月

《絶妙好詞》，乃周草窗所集也。

花氣烘人尚暖，珠光出海猶寒。如今賀老見應難。解道江南腸斷。謾擊銅壺浩嘆，空存錦瑟誰彈。莊生蝴蝶夢春還。簾外一聲鶯唤。

霜葉飛

毗陵客中聞老妓歌

繡屏開了。驚詩夢、嬌鶯啼破春悄。隱將譜字轉清圓，正杏梁聲繞。看帖帖、蛾眉淡掃。不知能聚愁多少。嘆客裏凄凉，尚記得、當年雅音，低唱還好。 同是流落殊鄉，相逢何晚，坐對真被花惱。貞元朝士已無多，但暮烟衰草。未忘得、春風窈窕。却憐張緒如今老。且慰我、留連意，莫説西湖，那時蘇小。

蝶戀花

題末色褚仲良寫真

濟楚衣裳眉目秀。活脱梨園，子弟家聲舊。諢砌隨機開笑口。筵前戲諫從來有。 戛玉敲金裁錦繡。引得傳情，惱得嬌娥瘦。離合悲歡成正偶。明珠一顆盤中走。

甘州

爲小玉梅賦并柬韓竹閒

見梅花、斜倚竹籬邊。休道北枝寒。□□□翠袖，情隨眼盼，愁接眉彎。一串歌珠清潤，綰結玉連環。蘇小無尋處，元在人間。 何事凄凉蚓竅，向尊前一笑，歌倒狂瀾。嘆從來古雅，欲覓賞音難。有如此、和聲軟語，甚韓湘、風雪度藍關。君知否，挽櫻評柳，却是香山。

又

澄江陸起潛皆山樓四景

雲林遠市，君山下枕江流，爲群山冠冕。塔院居乎絶頂，舊有浮遠堂，今廢。

俯長江、不占洞庭波，山拔地形高。對扶疏古木，浮圖倒影，勢壓雄濤。門掩翠微僧院，應有月明敲。物换堂安在，斷碣閑抛。　不識廬山真面，是誰將此屋，突兀林坳。上層臺回首，萬境入詩豪。響天心、數聲長嘯，任清風、吹頂髮蕭騷。憑闌久，青琴何處，獨立瓊瑶。

【詞評】

夏敬觀《映庵詞評》：似稼軒。

瑶臺聚八仙

千巖競秀，澄江之山，崒嵂清麗，奔馳相觸，自北而東，由東而南，笑人應接不暇，其秀氣之所鍾歟。

屋上青山。青未了、凌虚試一憑闌。亂峰疊嶂，無限古色蒼寒。正喜雲閑雲又去，片雲未識我心閑。對林巒。三十六梯底須謝屐，何用躋攀。

眺遠，任半空笑語，飛落人間。賦筆吟箋，塵事竟不相關。朝來自然氣爽，更好是、秋屏宜晚看。蓬壺裏，有天開圖畫，休喚邊鸞。

壺中天

月涌大江

西有大江，遠隔淮甸，月白潮生，神爽爲之飛越。

長流萬里。與沈沈滄海，平分一水。孤白争流蟾不没，影落潛蛟驚起。瑩玉懸秋，緑房迎曉，樓觀光疑洗。紫簫聲裊，四檐吹下清氣。　遥睇浪擊空明，古愁休問，消長盈虛理。風入蘆花歌忽斷，知有漁舟閑艤。露已沾衣，鷗猶栖草，一片瀟湘意。人方酣夢，長翁元自如此。

【詞評】

《詞譜》卷二十八：此亦與蘇（軾）《憑空眺遠》詞同。惟前段起句用韻，後段起句藏短韻異。

臺城路

遥岑寸碧

澄江衆山外，無錫惠峰在其南，若地靈涌出，不偏不倚，處樓之正中，蒼翠横陳，是斯樓之勝境也。

翠屏缺處添奇觀，修眉遠浮孤碧。天影微茫，烟痕黯淡，不與千峰同色。憑高望極。向簾幕中間，冷光流入。料得吟僧，數株松下坐蒼石。　泉源猶是故迹。煮茶曾味古，還記遊歷。調水符閑，登山屐在，却倚闌干斜日。輕陰易□。看飄忽風雲，晦明朝夕。爲我飛來，傍江横峭壁。

江城子

爲滿春澤賦橫空樓

下臨無地手捫天。上雲烟。俯山川。栖止危巢，不隔道林禪。坐處清高風雨隔，全萬境，一壺懸。　我來直欲挾飛仙。海爲田。是何年。如此江聲，嘯咏白鷗前。老樹無根雲懵懂，憑寄語、米家船。

木蘭花慢

遊天師張公洞

風雷開萬象，散天影、入虛壇。看峭壁重雲，奇峰獻玉，光洗琅玕。青苔古痕暗裂，映參差、石乳倒懸山。那得虛無幻境，元來透徹玄關。　躋攀。竟日忘還。空翠滴、逼衣寒。想邃宇陰陰，爐存太乙，難覓飛丹。泠然洞靈去遠，甚千年、都不到人間。見説尋真有路，也須容我清閑。

臺城路

爲湖天賦

扁舟忽過蘆花浦。閑情便隨鷗去。水國吹簫，虹橋問月，西子如今何許。危闌謾撫。正獨立蒼茫，半空飛露。倒影虛明，洞庭波映廣寒府。　魚龍吹浪自舞。渺然凌萬頃，如聽風雨。夜氣浮山，晴暉蕩日，一色無尋秋處。驚鳧自語。尚記得當時，故人來否。勝景平分，此心遊太古。

月下笛

寄仇山村溧陽

千里行秋，支筇背錦，頓懷清友。殊鄉聚首。愛吟猶自詩瘦。山人不解思猿鶴，笑問我、韋娘在否。記長堤畫舫，花柔春鬧，幾番携手。　別後都依舊。但靖節門前，近來無柳。盟鷗尚有。可憐西塞漁叟。斷腸不恨江南老，恨落葉、飄零最久。倦遊處，減羈愁，猶未消磨是酒。

臺城路

遷居

桃花零落玄都觀，劉郎此情誰語。鬢髮蕭疏，襟懷淡薄，空賦天涯羈旅。離情萬縷。第一是難招，舊鷗今雨。錦瑟年華，夢中猶記艷遊處。 依依心事最苦。片帆渾是月，獨抱凄楚。屋破容秋，床空對雨，迷却青門瓜圃。初荷未暑。嘆極目烟波，又歌南浦。燕忽歸來，翠簾深幾許。

惜紅衣

贈伎雙波

兩剪秋痕，平分水影，炯然冰潔。未識新愁，眉心倩人貼。無端醉裏，通一笑、柔花盈睫。痴絕。不解送情，倚銀屏斜瞥。 長歌短舞，換羽移宫，飄飄步回雪。扶嬌倚扇，欲把艷懷説。□□杜郎重到，祇慮空江桃葉。但數峰猶在，如傍那家風月。

滿江紅

澄江會復初李尹

江上相逢，更秉燭、渾疑夢裏。寂寞久，瑟弦塵斷，爲君重理。紫綬金章都莫問，醉中□送揶揄鬼。看滿頭、白雪欲消難，春風起。 雲一片，身千里。漂泊地，東西水。嘆十年不見，我生能幾。慷慨悲歌驚淚落，古人未必皆如此。想今人、愁似古人多，如何是。

壺中天

送趙壽父歸慶元

奚囊謝屐。向芙蓉城下，□□遊歷。江上沙鷗何所似，白髮飄飄行客。曠海乘風，長波垂釣，欲把珊瑚拂。近來楊柳，却憐渾是秋色。 日暮空想佳人，楚芳難贈，烟水分明隔。老病孤舟天地裏，惟有歌聲消得。故國荒城，斜陽古道，可奈花狼藉。他時一笑，似曾何處相識。

卷六

紅情

疏影、暗香，姜白石爲梅著語，因易之曰紅情緑意，以荷花荷葉咏之。

無邊香色。記涉江自採，錦機雲密。翦翦紅衣，學舞波心舊曾識。一見依然似語，流水遠、幾回空憶。看□□、倒影窺妝，玉潤露痕濕。閑立。翠屏側。愛向人弄芳，背酣斜日。料應太液。三十六宮土花碧。清興凌風更爽，無數滿汀洲如昔。泛片葉、烟浪裏，卧横紫笛。

【詞評】

張惠言批校《山中白雲詞》：《紅情》，當時故舊蓋有不終隱而出者，此詞譏諷之。

緑意

碧圓自潔。向淺洲遠渚，亭亭清絶。猶有遺簪，不展秋心，能捲幾多炎熱。鴛鴦密語同傾蓋，且莫與、浣紗人説。恐怨歌、忽斷花風，碎却翠雲千疊。

回首當年漢舞，怕飛去謾皺、留仙裙折。戀戀青衫，猶染枯香，還嘆鬢絲飄雪。盤心清露如鉛水，又一夜、西風吹折。喜静看、匹練秋光，倒瀉半湖明月。

虞美人

題陳公明所藏曲册

黄金誰解教歌舞。留得當時譜。斷情殘意落人間。漢上行雲迷却、舊巫山。

妝樓何處尋樊素。空誤周郎顧。一簾秋雨翦燈看。無限羈愁分付、玉簫寒。

踏莎行

盧仝啜茶手卷

清氣崖深，斜陽木末。松風泉水聲相答。光浮椀面啜先春，何須美酒吳姬壓。
頭上烏巾，鬢邊白髮。數間破屋從蕪沒。山中有此玉川人，相思一夜梅花發。

南鄉子

杜陵醉歸手卷

晴野事春遊。老去尋詩苦未休。一似浣花溪上路，清幽。烟草纖纖水自流。
何處偶遲留。猶未忘情是酒籌。童子策驢人已醉，知不。醉裏眉攢萬國愁。

臨江仙

太白挂巾手卷

憶得沈香歌斷後，深宮客夢迢遥。研池殘墨濺花妖。青山人獨自，早不侶漁樵。
石壁蒼寒巾尚挂，松風頂上飄飄。神仙那肯混塵囂。詩魂元在此，空向水中招。

南樓令

雲冷未全開。檐冰雨冱苔。入花根、暖意先回。一夜緑房迎曉白，空憶遍、嶺頭梅。
如幻舊情懷。尋春上吹臺。正泥深、十二香街。且問謝家池畔草，春必定、幾時來。

摸魚子

己酉重登陸起潛皆山樓，正對惠山。

步高寒、下觀浮遠，清暉隔斷風雨。醉魂誤入滁陽路。落莫不知何處。闌屢拊。又却是，秋城自有芙蓉主。重遊倦旅。對萬壑千巖，長江巨浪，空翠灑衣屨。　景如許。都被樓臺占取。晴嵐暖靄朝暮。乾坤靜裏閑居賦。評泊水經茶譜。留勝侶。更底用，林泉曳杖尋桑苧。休休訪古。看排闥青來，書床嘯咏，莫向惠峰去。

【附注】

黄畬《山中白雲詞箋》卷六：「己酉，元武宗鐵木耳至大二年（一三〇九），時作者六十二歲。陸起潛皆山樓，見卷五《甘州》（俯長江）前序。惠山又名慧山，在無錫西，以泉名。唐人陸羽品爲天下第二。」

臺城路

陸義齋壽日，自澄江放舟，清遊吴山水間，散懷吟眺，一任所適所之。既倦，乘月夜歸。太白去後，三百年無此樂耶。

清時樂事中園賦，怡情楚花湘草。秀色通簾，生香聚酒，修景常留池沼。閑居自好。奈車馬喧塵，未教閑了。把菊清遊，冷紅飛下洞庭曉。　尋泉同步翠杳。更將秋共遠，書畫船小。款竹誰家，盟鷗某水，白月光涵圓嶠。天浮浩渺。稱緑髮飄飄，溯風舒嘯。緩築堤沙，渭濱人未老。

華胥引

錢舜舉幅紙畫牡丹、梨花，牡丹名洗妝紅，爲賦一曲，并題二花。

温泉浴罷，酣酒纔蘇，洗妝猶濕。落暮雲深，瑤臺月下逢太白。素衣初染天香，對東風傾國。惆悵東闌，炯然玉樹獨立。

祇恐江空，頓忘却、錦袍清逸。柳迷歸院，欲遠花妖未得。誰寫一枝淡雅，傍沈香亭北。說與鶯鶯，怕人錯認秋色。

風入松

聽琴中彈樵歌

松風掩晝隱深清。流水自泠泠。一從柯爛歸來後，愛弦聲、不愛枰聲。頗笑山中散木，翻憐爨下勞薪。

透雲遠響正丁丁。孤鳳劃然鳴。疑行嶺上千秋雪，語高寒、相應何人。回首更無尋處，一江風雨潮生。

浪淘沙

秋江

萬里一飛篷。吟老丹楓。潮生潮落海門東。三兩點鷗沙外月，閑意誰同。

一色與天通。絕去塵紅。漁歌忽斷荻花風。烟水自流心不競，長笛霜空。

夜飛鵲

大德乙巳中秋，會仇山村於溧陽。酒酣興逸，各隨所賦。余作此詞，爲明月明年佳話云。

林霏散浮暝，河漢空雲，都緣水國秋清。緑房一夜迎向曉，海影飛落寒冰。蓬萊在何處，但危峰縹緲，玉籟無聲。文簫素約，料相逢、依舊花陰。

登眺尚餘佳興，零露下衣襟，欲醉還醒。明月明年此夜，頡頏萬里，同此陰晴。霓裳夢斷，到如今、不許人聽。正婆娑桂底，誰家弄笛，風起潮生。

風入松

爲山村賦

晴嵐暖翠護烟霞。喬木晉人家。幽居祇恐歸圖畫，喚樵青、多種桑麻。門掩推敲古意，泉分冷淡生涯。

無邊風月樂年華。留客可茶瓜。任他車馬雖嫌僻，笑喧喧、流水寒鴉。小隱正宜深靜，休栽湖上梅花。

石州慢

書所見寄子野公明

野色驚秋，隨意散愁，踏碎黃葉。誰家籬院閑花，似語試妝嬌怯。行行步影，未教背寫腰肢，一搦猶立門前雪。依約鏡中春，又無端輕別。

痴絕。漢皋何處，解佩何人，底須情切。空引東鄰，遺恨丁香空結。十年舊夢，謾餘恍惚雲窗，可憐不是當時蝶。深夜醉醒來，好一庭風月。

清平樂 爲伯壽題四花·牡丹

百花開後。一朵疑堆綉。絶色年年常似舊。因甚不隨春瘦。　脂痕淡約蜂黄。可憐獨倚新妝。太白醉遊何處，定應忘了沈香。

點絳唇 芍藥

獨殿春光，此花開後無花了。丹青人巧。不許芳心老。　密影翻階，曾爲尋詩到。竹西好。採香歌杳。十里紅樓小。

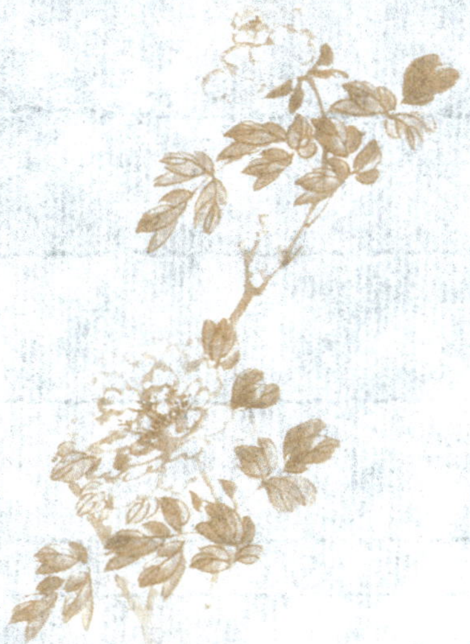

卜算子 黄葵

一名側金盞。

雅淡淺深黄，顧影欹秋雨。碧帶猶皺笋指痕，不解擎芳醑。　休唱古陽關，如把相思鑄。却憶銅盤露已乾，愁在傾心處。

蝶戀花 山茶

花占枝頭忺日焙。金汞初抽，火鼎鉛華退。還似瘢痕塗獺髓。胭脂淡抹微酣醉。　數朵折來春檻外。欲染清香，衹許梅相對。不是臨風珠蓓蕾。山童隔竹休敲碎。

新雁過妝樓

乙巳菊日寓溧陽，聞雁聲，因動脊令之感。

遍插茱萸。人何處、客裏頓懶携壺。雁影涵秋，絕似暮雨相呼。料得曾留堤上月，舊家伴侶有書無。謾嗟吁。數聲怨抑，翻致無書。

誰識飄零萬里，更可憐倦翼，同此江湖。飲啄關心，知是近日何如。陶潛尚存菊徑，且休羨、松風陶隱居。沙汀冷，揀寒枝、不似烟水黃蘆。

【詞評】

俞陛雲《唐五代兩宋詞選釋》：前半平淡之筆，其作意在後半闋，人與雁合寫，語悲而情真。結句用東坡『揀盡寒枝不肯栖，寂寞沙洲冷』詞意。回首鄉山，秦雲萬里，弟兄同感飄零，況聽相呼暮雨聲耶！

洞仙歌

寄茅峰梁中砥

中峰壁立，挂飛來孤劍。蒼雪紛紛墮晴蘚。自當年詩酒，客裏相逢，春尚好，鷗散烟波茂苑。

祇今誰最老，種玉人間，消得梅花共清淺。問我入山期，但恐山深，松風把紅塵吹斷。望蓬萊、知隔幾重雲，料祇隔中間，白雲一片。

風入松

贈蔣道録溪山堂

門前山可久長看。留住白雲難。溪虛却與雲相傍，對白雲、何必深山。爽氣潛生樹石，晴光竟入闌干。

舊家三徑竹千竿。蒼雪拂衣寒。緑蓑青笠玄真子，釣風波、不是真閑。得似壺中日月，依然祇在人間。

小重山　題曉竹圖

淡色分山曉氣浮。疏林猶剩葉，不多秋。林深仿佛昔曾遊。頻喚酒，漁屋岸西頭。

不擬此凝眸。朦朧清影裏，過扁舟。行行應到白蘋洲。烟水冷，傳語舊沙鷗。

浪淘沙　題許由擲瓢手卷

拂袖入山阿。深隱松蘿。擲流洗耳厭塵多。石上一般清意味，不羡漁蓑。

日月靜中過。俗□消磨。風瓢分付與清波。却笑唐求因底事，無奈詩何。

憶王孫　謝安棋墅

争棋賭墅意欣然。心似遊絲颺碧天。秖爲當時一著玄。笑苻堅。百萬軍聲屐齒前。

蝶戀花　邵平種瓜

秦地瓜分侯已故。不學淵明，種秫辭歸去。薄有田園還種取。養成碧玉甘如許。

卜隱青門真得趣。蕙帳空閑，鶴怨來何暮。莫説蝸名催及戍。長安城下鋤烟雨。

如夢令　淵明行徑

苔徑獨行清晝。瑟瑟松風如舊。出岫本無心，遲種門前楊柳。回首。回首。籬下白衣來否。

醜奴兒　子母猿

山人去後知何處，風月清虛。來往無拘。戲引兒孫樂有餘。　懸崖挂樹如相語，常守枯株。久與人疏。閑了當年一卷書。

浣溪沙　雙笋

空色莊嚴玉版師。老斑遮護錦繃兒。衹愁一夜被風吹。　潤處似沾篔谷雨，斫來如帶渭川泥。從空托出鎮帷犀。

清平樂　平原放馬

轡搖銜鐵。蹴踏平原雪。勇趁軍聲曾汗血。閑過升平時節。　茸茸春草天涯。涓涓野水晴沙。多少驊騮老去，至今猶困鹽車。

木蘭花慢

二分春到柳，青未了，欲婆娑。甚書劍飄零，身猶是客，歲月頻過。西湖故園在否，怕東風、今日落梅多。抱瑟空行古道，盟鷗頓冷清波。　知麽。老子狂歌。心未歇，鬢先皤。嘆敝却貂裘，驅車萬里，風雪關河。燈前恍疑夢醒，好依然、衹著舊漁蓑。流水桃花漸暖，酒船不去如何。

長相思　贈别笑倩

去來心。短長亭。衹隔中間一片雲。不知何處尋。　悶還顰。恨還顰。同是天涯流落人。此情烟水深。

南樓令　有懷西湖且嘆客遊之漂泊

湖上景消磨。飄零有夢過。問堤邊、春事如何。可是而今張緒老，見說道、柳無多。　客裏醉時歌。尋思安樂窩。買扁舟、重緝漁蓑。欲趁桃花流水去，又却怕、有風波。

清平樂　題倦耕圖

一犁初卸。息影斜陽下。角上漢書何不挂。老子近來慵跨。　烟村草樹離離。卧看流水忘歸。莫飲山中清味，怕教洗耳人知。

滿江紅

近日衰遲，但隨分、蝸涎自足。底須共、紅塵争道，頓荒松菊。壯志已荒圯上履，正音恐是溝中木。又安知、幕下有詞人，歸心速。　書尚在，憐魚腹。珠何處，驚魚目。且依然詩思，灞橋人獨。不用回頭看墮甑，不愁抱石疑非玉。忽一聲、長嘯出山來，黄粱熟。

卷七

法曲獻仙音　題姜子野雪溪圖

梅失黃昏，雁驚白晝，脉脉斜飛雲表。絮不生萍，水疑浮玉，此景正宜舒嘯。記夜悄、曾乘興，何必見安道。　繫船好。想前村、未知甚處。吟思苦，誰遊灞橋路杳。清飲一瓢寒，又何妨、分傍茶竈。野屋蕭蕭，任樓中、低唱人笑。漸東風解凍，怕有桃花流到。

浣溪沙　寫墨水仙二紙寄曾心傳并題其上

昨夜藍田採玉遊。向陽瑶草帶花收。如今風雨不須愁。　零露依稀傾鑿落，碎瓊重叠綴搔頭。白雲黃鶴思悠悠。

又

半面妝凝鏡裏春。同心帶舞掌中身。因沾弱水褪精神。　冷艷喜尋梅共笑，枯香羞與佩同紉。湘皋猶有未歸人。

一枝春　爲陸浩齋賦梅南

竹外橫枝，并闌干、試數風纔一信。幺禽對語，仿佛醉眠初醒。遥知是雪，甚都把、暮寒消盡。清更潤。明月飛來，瘦却舊時疏影。　東閣謾撩詩興。料西湖樹老，難認和靖。晴窗自好，勝事每來獨領。融融向暖，笑塵世、萬花猶冷。須釀成、一點春腴，暗香在鼎。

水調歌頭 寄王信父

白髮已如此，歲序更騷騷。化機消息，莊生天籟雍門琴。頗笑論文説劍，休問高車駟馬，衮衮□黃金。蟻在元無夢，水競不流心。　絶交書，招隱操，惡圓箴。世塵空擾，脱巾挂壁且松陰。　誰對紫微閣下，我對白蘋洲畔，朝市與山林。不用一錢買，風月短長吟。

南樓令 送杭友

聚首不多時。烟波又別離。有黃金、應鑄相思。折得梅花先寄我，山正在、裹湖西。　風雪脆荷衣。休教鷗鷺知。鬢絲絲、猶混塵泥。何日束書歸舊隱，衹恐怕、種瓜遲。

南鄉子 竹居

愛此碧相依。卜築西園隱逸時。三徑成陰門可款，幽栖。蒼雪紛紛冷不飛。　青眼舊心知。瘦節終看歲晚期。人在清風來往處，吟詩。更好梅花著一枝。

朝中措

清明時節雨聲嘩。潮擁渡頭沙。翻被梨花冷看，人生苦戀天涯。　燕簾鶯户，雲窗霧閣，酒醒啼鴉。折得一枝楊柳，歸來插向誰家。

采桑子

西園冷罥秋千索，雨透花䪹。雨過花皺。近覺江南無好春。　杜郎不恨尋芳晚，夢裏行雲。陌上行塵。最是多愁老得人。

阮郎歸　有懷北遊

鈿車驕馬錦相連。香塵逐管弦。瞥然飛過水秋千。清明寒食天。　花貼貼，柳懸懸。鶯房幾醉眠。醉中不信有啼鵑。江南二十年。

浣溪沙

艾蒳香消火未殘。便能晴去不多寒。冶遊天氣却身閑。　帶雨移花渾懶看，應時插柳日須攀。最堪惆悵是東闌。

風入松　閏元宵

向人圓月轉分明。簫鼓又逢迎。風吹不老蛾兒鬧，繞玉梅、猶戀香心。報道依然放夜，何妨款曲行春。　錦燈重見麗繁星。水影動梨雲。今朝準擬花朝醉，奈今宵、別是光陰。簾底聽人笑語，莫教遲了□青。

踏莎行　咏湯

瑤草收香，琪花採汞。冰輪碾處芳塵動。竹爐湯暖火初紅，玉纖調罷歌聲送。　麾去茶經，襲藏酒頌。一杯清味佳賓共。從來採藥得長生，藍橋休被瓊漿弄。

鷓鴣天

樓上誰將玉笛吹。山前水闊暝雲低。勞勞燕子人千里，落落梨花雨一枝。修禊近，賣餳時。故鄉惟有夢相隨。夜來折得江頭柳，不是蘇堤也皺眉。

摸魚子

春雪客中寄白香巖王信父

又孤吟、灞橋深雪，千山絶盡飛鳥。梅花也著東風笑，一夜瘦添多少。春悄悄。正斷夢愁詩，忘却池塘草。前村路杳。看野水流冰，舟閑渡口，何必見安道。　慵登眺。脉脉霏霏未了。寒威猶自清峭。終須幾日開晴去，無奈此時懷抱。空暗惱。料酒興歌情，未肯隨人老。惜花起早。拚醉□忘歸，接羅更好，一笑任傾倒。

滿江紅

己酉春日

老子今年，多準備、吟箋賦筆。還自喜、錦囊添富，頓非疇昔。書冊琴棋清隊仗，雲山水竹閑蹤迹。任醉筇、遊屐過平生，千年客。　回首夢，東隅失。乘興去，桑榆得。且怡然一笑，探梅消息。天下神仙何處有，神仙祇向人間覓。折梅花、橫挂酒壺歸，白鷗識。

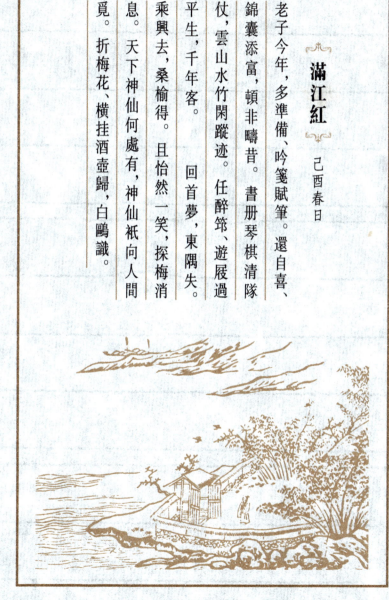

木蘭花慢

元夕後，春意盎然，頗動遊興，呈霅川吟社諸公。

錦街穿戲鼓，聽鐵馬、響春冰。甚舞綉歌雲，歡情未足，早已收燈。從今便須勝賞，步青青、野色一枝藤。落魄花間酒侶，温存竹裏吟朋。　休憎。短髪鬅鬙。遊興懶、我何曾。任蹴踏芳塵，尋蕉覆鹿，自笑無能。清狂尚如舊否，倚東風、嘯咏古蘭陵。十里梅花霽雪，水邊樓觀先登。

又

用前韻呈王信父

江南無賀老，看萬壑、出清冰。想柳思周情，長歌短咏，密與傳燈。山川潤分秀色，稱醉揮、健筆剡溪藤。一語不談俗事，幾人來結吟朋。　堪憎。我髪鬅鬙。頻賦曲、舊時曾。但春蚓秋蛩，寒籬晚砌，頗嘆非能。何如種瓜種秫，帶一鉏、歸去隱東陵。野嘯天風兩耳，翠微深處孫登。

浪淘沙

寒食不多時。燕燕纔歸。杏花零落水痕肥。淺碧分山初過雨，一霎晴暉。　閑折小桃枝。蝶也相隨。晚妝不合整蛾眉。驀忽思量張敞畫，又被愁知。

臨江仙 懷辰州教授趙學舟

一點白鷗何處去，半江潮落沙虛。淡黃柳上月痕初。遐觀情悄悄，凝想步徐徐。

每一相思千里夢，十年有此相疏。休休寄雁問何如。如何休寄雁，難寫絕交書。

壺中天

繞枝倦鵲，鬢蕭蕭、肯信如今猶客。風雪荷衣寒葉補，一點燈花懸壁。萬里舟車，十年書劍，此意青天識。泛然身世，故家休問清白。

却笑醉倒衰翁，石床飛夢，不入槐安國。衹恐溪山遊未了，莫嘆飄零南北。滚滚江横，嗚嗚歌罷，渺渺情何極。正無聊賴，天風吹下孤笛。

謁金門

晚晴薄。一片杏花零落。縱是東風渾未惡。二分春過却。

可怪寒生池閣。下了重重簾幕。忽見舊巢還是錯。燕歸何處著。

清平樂

採芳人杳。頓覺遊情少。客裏看春多草草。總被詩愁分了。

去年燕子天涯。今年燕子誰家。三月休聽夜雨，如今不是催花。

【詞評】

俞陛雲《唐五代兩宋詞選釋》：羈泊之懷，托諸燕子；易代之悲，托諸夜雨。深人無淺語也。

漁家傲 病中未及過毗陵

門掩新陰孤館静。楊花却解來相趁。幾日方知因酒病。無憀甚。脱巾挂壁將書枕。是説落紅堆滿徑。不知何處遊人盛。自笑扁舟猶未定。清和近。尋詩已約蘭陵令。

又

辛苦移家聊處静。掃除花徑歌聲趁。也學維摩閑示病。迂疏甚。松風兩耳和衣枕。頗倦扶筇尋捷徑。東墻藹藹紅香盛。少待摇人波自定。蓬壺近。且呼白鶴招韓令。

壺中天 白香巖和東坡韻賦梅

苔根抱古，透陽春、挺挺林間英物。隔水笛聲那得到，斜日空明絶壁。半樹籬邊，一枝竹外，冷艷凌蒼雪。淡然相對，萬花無此清傑。還念庾嶺幽情，江南聊折，贈行人應發。寂寂西窗閑弄影，深夜寒燈明滅。且浸芳壺，休簪短帽，照見蕭蕭髮。幾時歸去，郎吟湖上香月。

南樓令 題聚仙圖

曾記宴蓬壺。尋思認得無。醉歸來、事已模糊。忽對畫圖如夢寐，又因甚、下清都。拍手笑相呼。應書縮地符。恐人間、天上同途。隔水一聲何處笛，正月滿、洞庭湖。

清平樂

題墨仙雙清圖

丹丘瑤草。不許秋風掃。記得對花曾被惱。猶似前時春好。　湘皋閑立雙清。相看波冷無聲。獨説長生未老，不知老却梅兄。

浪淘沙

余畫墨水仙并題其上

回首欲婆娑。淡掃修蛾。盈盈不語奈情何。應恨梅兄礬弟遠，雲隔山阿。　弱水夜寒多。帶月曾過。羽衣飛過染餘波。白鶴難招歸未得，天闊星河。

西江月

題墨水仙

縹緲波明洛浦，依稀玉立湘皋。獨將蘭蕙入離騷。不識山中瑤草。　月照英翹楚楚，江空醉魄陶陶。猶疑顔色尚清高。一笑出門春老。

壺中天

懷霅友

異鄉倦旅，問扁舟東下，歸期何日。琴劍空隨身萬里，天地誰非行客。李杜飄零，羊曇悲感，回首俱陳迹。羈懷難寫，豆蟲吟破孤寂。　柳外門掩疏陰，佳人何處，溪上蘋花白。留得一方無用月，隱隱山陽聞笛。舊雨不來，風流雲散，惟有長相憶。雁書休寄，寸心分付梅驛。

甘州 和袁靜春入杭韻

聽江湖、夜雨十年燈，孤影尚中洲。對荒涼茂苑，吟情渺渺，心事悠悠。見説寒梅猶在，無處認西樓。招取樓邊月，同載扁舟。　明日琴書何處，正風前墜葉，草外閑鷗。甚消磨不盡，惟有古今愁。總休問、西湖南浦，漸春來、烟水入天流。清遊好，醉招黄鶴，一嘯清秋。

風入松 與王彦常遊會仙亭

愛閑能有幾人來。松下獨徘徊。清虚冷淡神仙事，笑名場、多少塵埃。漱齒石邊危坐，洗心易裏舒懷。　劃然長嘯白雲堆。更待月明□。一瓢春水山中飲，喜無人、踏破蒼苔。開了桃花半樹，此遊不是天台。

又 酌惠山泉

一瓢飲水曲肱眠。此樂不知年。今朝忽上龍峰頂，却元來、有此甘泉。洗却平生塵土，慵遊萬里山川。　照人如鑒止如淵。古竇暗涓涓。當時桑苧今何在，想松風、吹斷茶烟。著我白雲堆裏，安知不是神仙。

浪淘沙 題陳汝朝百鷺畫卷

玉立水雲鄉。爾我相忘。披離寒羽庇風霜。不趁白鷗遊海上，靜看魚忙。　應笑我凄涼。客路何長。猶將孤影侶斜陽。花底鵷行無認處，却對秋塘。

祝英臺近

題陸壺天水墨蘭石

帶飄飄，衣楚楚。空谷飲甘露。一轉花風，蕭艾遽如許。細看息影雲根，淡然詩思，曾□被、生香輕誤。

此中趣。能消幾筆幽奇，羞掩衆芳譜。薜老苔荒，山鬼竟無語。夢遊忘了江南，故人何處，聽一片、瀟湘夜雨。

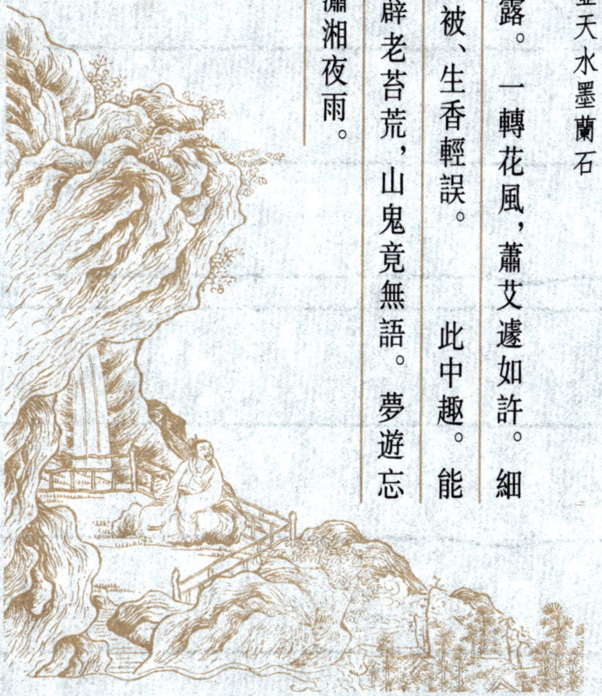

臺城路

夏壺隱壁間，李仲賓寫竹石、趙子昂作枯木，娟净峭拔，遠返古雅。余賦詞以述二妙。

老枝無著秋聲處，蕭蕭倦聽風雨。暗飲春腴，欣榮晚節，不載天河人去。心存太古。喜冰雪相看，此君欲語。共倚雲根，歲寒羞并歲寒所。

當年曾見漢館，捲簾頻坐對，飛夢湘楚。嘆我重來，何堪如此，落葉空江無數。盤桓屢撫。似冉冉吹衣，頗疑非霧。素壁高堂，晋人清幾許。

卷八

長亭怨

別陳行之

跨匹馬、東瀛烟樹。轉首十年，旅愁無數。此日重逢，故人猶記舊遊否。雨今雲古。更秉燭、渾疑夢語。衮衮登臺，嘆野老、白頭如許。

歸去。問當初鷗鷺。幾度西湖霜露。漂流最苦。便一似、斷蓬飛絮。情可恨、獨棹扁舟，浩歌向、清風來處。有多少相思，都在一聲南浦。

憶舊遊

寓毗陵有懷澄江舊友

笑銘崖筆倦，訪雪舟寒，覓里尋鄰。半掩閑門草，看長松落蔭，舊榻懸塵。自憐此來何事，不爲憶鱸蓴。但回首當年，芙蓉城裏，勝友如雲。

思君。度遥夜，謾疑是梅花，檐下空巡。蝶與周俱夢，折一枝聊寄，古意殊真。渺然望極來雁，傳與異鄉春。尚記得行歌，陽關西出無故人。

踏莎行

郊行值遊女以花擲水，余得之，戲作此解。

花引春來，手擘春住。芳心一點誰分付。微歌微笑驀思量，瞥然拋與東流去。

帶潤偷拈，和香密護。歸時自有留連處。不隨烟水不隨風，不教輕把劉郎誤。

浪淘沙 作墨水仙寄張伯雨

香霧濕雲鬟。蕊佩珊珊。酒醒微步晚波寒。金鼎尚存丹已化，雪冷虛壇。
遊冶未知還。鶴怨空山。瀟湘無夢繞叢蘭。碧海茫茫歸不去，却在人間。

西江月 同前

落落奇花未吐，離離瑤草偏幽。蓬山元是不知秋。却笑人間春瘦。瀟洒寒犀麈尾，玲瓏潤玉搔頭。半窗晴日水痕收。不怕杜鵑啼後。

珍珠令

桃花扇底歌聲杳。愁多少。便覺道花陰閑了。因甚不歸來，甚歸來不早。滿院飛花休要掃。待留與、薄情知道。怕一似飛花，和春都老。

壺中天 壽月溪

波明晝錦，看芳蓮迎曉，風弄晴碧。喬木千年長潤屋，清蔭圖書琴瑟。龜甲屏開，蝦須簾捲，瑤草秋無色。和熏蘭麝，綵衣歡擁詩伯。溪上燕往鷗還，筆床茶竈，笻竹隨遊屐。閑似神仙閑最好，未必如今閑得。書染芝香，驛傳梅信，次第來雲北。金尊須滿，月光長照歌席。

摸魚子

為下南仲賦月溪

溯空明、霽蟾飛下，湖湘難辨遥樹。流來那得清如許，不與衆流東注。浮净宇。任消息虚盈，壺内藏今古。停杯問取。甚玉笛移宮，銀橋散影，依舊廣寒府。　休凝佇。鼓枻漁歌在否。滄浪渾是烟雨。黄河路接銀河路。烱烱近天尺五。還自語。奈一寸閑心，不是安愁處。凌風遠舉。趁冰玉光中，排雲萬里，秋艇載詩去。

好事近

贈笑倩

葱蒨滿身雲，酒暈淺融香頰。水調數聲嫺雅，把芳心偷説。　風吹裙帶下階遲，驚散雙蝴蝶。佯捻花枝微笑，溜晴波一瞥。

小重山

烟竹圖

陰過雲根冷不移。古林疏又密，色依依。何須噴飯笑當時。篔簹谷，盈尺小鵝溪。　展玩似堪疑。楚山從此去，望中迷。不知何處倚湘妃。空江晚，長笛一聲吹。

蝶戀花

秋鶯

求友林泉深密處。弄舌調簧，如問春何許。燕子先將雛燕去。凄凉可是歌來暮。　喬木蕭蕭梧葉雨。不似尋芳，翻落花心露。認取門前楊柳樹。數聲須入新年語。

南樓令

壽月溪

天净雨初晴。秋清人更清。滿吟窗、柳思周情。一片香來松桂下，長聽得、讀書聲。

閑處捲黄庭。年年兩鬢青。佩芳蘭、不繫塵纓。傍取溪邊端正月，對玉兔、話長生。

風入松

溪山堂竹

新篁依約佩初摇。老石潤山腰。逸人未必猶酣酒，正溪頭、風雨瀟瀟。礪齒猶隨市隱，虚心肯受春招。

從教三徑入漁樵。對此覺塵消。娟枝冷葉無多子，伴明窗、書卷詩瓢。清過炎天梅蕊，淡欺雪裏芭蕉。

踏莎行

跋伯時弟撫松寄傲詩集

水落槎枯，田荒玉碎。夜闌秉燭驚相對。故家人物已無傳，一燈却照清江外。

色展天機，光摇海貝。錦囊日月奚童背。重逢何處撫孤松，共吟風月西湖醉。

聲聲慢

中吴感舊

因風整帽，借柳維舟，休登故苑荒臺。去歲何年，遊處半入蒼苔。白鷗舊盟未冷，但寒沙、空與愁堆。謾嘆息，問西門灑淚，不忍徘徊。

眼底江山猶在，把冰弦彈斷，苦憶顔回。一點歸心，分付布襪青鞋。相尋已期到老，那知人、如此情懷。悵望久，海棠開、依舊燕來。

又 重過垂虹

□聲短棹，柳色長條，無花但覺風香。萬境天開，逸興縱我清狂。白鷗更閑似我，趁平蕪、飛過斜陽。重嘆息，却如何不□，夢裏黄粱。一自三高非舊，把詩囊酒具，千古凄凉。近日烟波，樂事盡逐漁忙。山横洞庭夜月，似瀟湘、不似瀟湘。歸未得，數清遊、多在水鄉。

又 寄葉書隱

百花洲畔，十里湖邊，沙鷗未許盟寒。舊隱琴書，猶記渭水長安。蒼雲數千萬疊，却依然、一笑人間。似夢裏，對清尊白髮，秉燭更闌。渺渺烟波無際，唤扁舟欲去，且與凭闌。此别何如，能消幾度陽關。江南又聽夜雨，怕梅花、零落孤山。歸最好，甚閑人、猶自未閑。

木蘭花慢 歸隱湖山書寄陸處梅

二分春是雨，採香徑、緑陰鋪。正私語晴蛙，于飛晚燕，閑掩紋疏。流光慣欺病酒，問楊花、過了有花無。啼鴂初聞院宇，釣船猶繫菰蒲。林逋。樹老山孤。渾忘却、隱西湖。嘆扇底歌殘，蕉間夢醒，難寄中吴。秋痕尚懸鬢影，見蓴絲、依舊也思鱸。黏壁蝸涎幾許，清風衹在樵漁。

清平樂

蘭曰國香，爲哲人出，不以色香自炫，乃得天之清者也。楚子不作，蘭今安在。得見所南翁枝上數筆，斯可矣。賦此以紀情事云。

□花一葉。比似前時别。烟水茫茫無處説。冷却西湖□月。貞芳衹合深山。紅塵了不相關。留得許多清影，幽香不到人間。

又

贈雲麓麓道人

□□不了。都被紅塵老。一粒粟中休道好。弱水竟通蓬島。　孤雲漂泊難尋。如今却在□□。莫趁清風出岫，此中方是無心。

又

題平沙落雁圖

平沙流水。葉老蘆花未。落雁無聲還有字。一片瀟湘古意。　扁舟記得幽尋。相尋祇在□□。莫趁春風飛去，玉關夜雪猶深。

臨江仙

甲寅秋，寓吴，作墨水仙，爲處梅吟邊清玩。時余年六十有七，看花霧中，不過戲縱筆墨，觀者出門一笑可也。

翦翦春冰出萬壑，和春帶出芳叢。誰分弱水洗塵紅。低回金叵羅，約略玉玲瓏。　昨夜洞庭雲一片，朗吟飛過天風。戲將瑶草散虚空。靈根何處覓，祇在此山中。

思佳客

題周草窗《武林舊事》

夢裏瞢騰説夢華。鶯鶯燕燕已天涯。蕉中覆處應無鹿，漢上從來不見花。　今古事，古今嗟。西湖流水響琵琶。銅駝烟雨栖芳草，休向江南問故家。

清平樂

別苗仲通

柳間花外。日日離人淚。憶得樓心和月醉。落葉與愁俱碎。如今一笑吳中。眼青猶認衰翁。先泛扁舟烟水，西湖多定相逢。

又

過金桂軒墳園

□□晴樹。寒食無風雨。記得當時遊冶處。桂底一身香露。神仙祇在蓬萊。不知白鶴飛來。乘興飄然歸去，瞋人踏破蒼苔。

風入松

久別曾心傳，近會於竹林清話。歡未足而離歌發，情如之何，因作此解，時至大庚戌七月也。

滿頭風雪昔同遊。同載月明舟。回來又續西湖夢，繞江南、那處無愁。贏得如今老大，依然祇是漂流。

故人翦燭對花謳。不記此身浮。征衣冷落荷衣暖，徑雖荒、也合歸休。明□□□烟水，相思却在并州。

漁歌子

張志和與余同姓，而意趣亦不相遠。庚戌春，自陽羨牧溪放舟過罨畫溪，作《漁歌子》十解，述古調也。

□卯灣頭屋數間。放船收盡一溪山。聊適興，且怡顔。問天難買是真閑。

又

□□□□□溪流。緊繫籬邊一葉舟。沽酒去，閉門休。從此清閑不屬鷗。

又

□□□□白雲多。童子貪眠枕緑蓑。莞爾笑，浩然歌。奈此蕭蕭落葉何。

又

□□□□半樹梅。捲簾一色玉蓬萊。宜嘯咏，莫徘徊。乘興扁舟好去來。

又

□□□□□子同。更無人識老漁翁。來往事，有無中。却恐桃源自此通。

又

□□□□□求魚。釣不得魚還自如。塵事遠，世人疏。何須更寫絕交書。

又

□□□□濯塵纓。嚴瀨磻溪有重輕。多少事，古今情。今人當似古人清。

又

□□□□□浮家。篷底光陰鬢未華。停短棹，艤平沙。流來恐是杏壇花。

又

□□□□□孤村。路隔塵寰水到門。斜照散，遠雲昏。白鷺飛來老樹根。

又

□□□年酒半酣。知魚知我靜中參。峰六六，徑三三。此懷難與俗人談。

一翦梅

悶蕊驚寒減艷痕。蜂也消魂。蝶也消魂。醉歸無月傍黃昏。知是花村。知是前村。 留得閑枝葉半存。好似桃根。不似桃根。小樓昨夜雨聲渾。春到三分。秋到三分。

南鄉子

野色一橋分。活水流雲直到門。落葉堆籬從不掃，開尊。醉裏教兒誦楚文。 隔斷馬蹄痕。商鼎熏花獨自聞。吟思更添清絕處，黃昏。月白枝寒雪滿村。

清平樂

過吳見屠存博近詩有懷其人

五湖一葉。風浪何時歇。醉裏不知花影別。依舊空山明月。 夜深鶴怨歸遲。此時那處堪歸。門外一株楊柳，折來多少相思。

柳梢青

清明夜雪

一夜凝寒，忽成瓊樹，換却繁華。因甚春深，片紅不到，綠水人家。 眼驚白晝天涯。空望斷、塵香鈿車。獨立回風，東闌惆悵，莫是梨花。

南歌子

陸義齋燕喜亭

窗密春聲聚，花多水影重。衹留一路過東風。圍得生香不斷、錦熏籠。

月地連金屋，雲樓瞰翠蓬。惺松笑語隔簾櫳。知是誰調鸚鵡、柳陰中。

青玉案

閑居

萬紅梅裏幽深處。甚杖屨、來何暮。草帶湘香穿水樹。塵留不住。雲留却住。壺内藏今古。

獨清懶入終南去。有忙事、修花譜。騎省不須重作賦。園中成趣。琴中得趣。酒醒聽風雨。

附録

送張叔夏西遊序

戴表元

玉田張叔夏與余初相逢錢塘西湖上，翩翩然飄阿錫之衣，乘纖離之馬，於時風神散朗，自以爲承平故家貴遊少年不翅也。垂及强壯，喪其行資。則既牢落偃蹇。嘗以藝北遊，不遇，失意。亟亟南歸，愈不遇。猶家錢塘十年。久之，又去，東遊山陰、四明、天台間，若少遇者。既又棄之西歸。

於是余周流授徒，適與相值，問叔夏何以去來道途若是不憚煩耶？叔夏曰：『不然，吾之來，本投所賢，賢者貧；依所知，知者死；雖少有遇而無以寧吾居，吾不得已違之，吾豈樂爲此哉？』語竟，意色不能無阻然。少焉飲酣氣張，取平生所自爲樂府詞，自歌之，噫嗚宛抑，流麗清暢，不惟高情曠度，不可褻企，而一時聽之，亦能令人忘去窮達得喪所在。

蓋錢塘故多大人長者，叔夏之先世高曾祖父，皆鐘鳴鼎食，江湖高才詞客姜夔堯章、孫季蕃花翁之徒，往往出入館穀其門，千金之裝，列駟之聘，談笑得之，不以爲異。迨其途窮境變，則亦以望於他人，而不知正復堯章、花翁尚存，今誰知之，而誰暇能念之者！

嗟乎！士固復有家世才華如叔夏而窮甚於此者乎！六月初吉，輕行過門，云將改遊吴公子季札、春申君之鄉，而求其人焉。余曰：唯唯。因次第其辭以爲別。

贈張玉田

仇遠

秦川公子謫仙人，布袍落魄餘一身。錦囊香歇玉簫斷，庾郎白髮徒傷春。金臺掉頭不肯住，欲把釣竿東海去。故鄉入夢忽歸來，井邑依依鐵爐步。碧池槐葉玄都桃，眼空舊雨秋蕭飀。太湖風月數萬頃，扁舟乘興尋三高。西北高樓一杯酒，與子長歌折楊柳。江山信美盍便留，蓴菜鱸魚隨處有。

又

將軍金甲明如日，勒馬橋邊清警蹕。惟揚撤衛羽書沉，置酒行宮功第一。蟬冠熊軾填高門，英英玉照稱聞孫。百年文物意未盡，玉田公子尤超群。紫蕭吹殘江水立，野雉驚塵暗原隰。夜攀雪柳踏河冰，竟上燕臺論得失。丈夫未遇空遠遊，秋風淅瀝銷征裘。翩然騎鶴歸海上，一笑相問詩綢繆。

兩曜奔飛互朝夕，璇府森芒叅莫測。要須畫紙爲君聽，落筆雌黄期破的。

壺中白日常高懸，道逢落魄呼醉眠。清歌停雲意慘淡，倚聲更度飛龍篇。

文華叢書

《文華叢書》是廣陵書社歷時多年精心打造的一套綫裝小型開本國學經典。選目均爲中國傳統文化之經典著作，如《唐詩三百首》《宋詞三百首》《古文觀止》《四書章句》《六祖壇經》《山海經》《天工開物》《歷代家訓》《納蘭詞》《紅樓夢詩詞聯賦》等，均爲家喻户曉、百讀不厭的名作。裝幀採用中國傳統的宣紙、綫裝形式，古色古香，樸素典雅，富有民族特色和文化品位。精選底本，精心編校，字體秀麗，版式疏朗，價格適中。經典名著與古典裝幀珠聯璧合，相得益彰，赢得了越來越多讀者的喜愛。現附列書目，以便讀者諸君選購。

文華叢書書目

人間詞話（套色）（二册）
三字經·百家姓·千字文·弟子規（外二種）（二册）
三曹詩選（二册）
千家詩（二册）
小窗幽紀（二册）
山海經（插圖本）（三册）
元曲三百首（二册）
元曲三百首（插圖本）（二册）
六祖壇經（二册）
天工開物（插圖本）（四册）
王維詩集（二册）
文心雕龍（二册）
文房四譜（二册）
片玉詞（套色、注評、插圖）（二册）
世説新語（二册）
古文觀止（四册）
古詩源（三册）
四書章句（大學、中庸、論語、孟子）（二册）
史記菁華録（三册）
史略·子略（三册）
白居易詩選（二册）
老子·莊子（三册）
列子（二册）
西厢記（插圖本）（二册）
宋詞三百首（二册）
宋詞三百首（套色、插圖本）（二册）
宋詩舉要（三册）
李白詩選（簡注）（二册）
李商隱詩選（二册）
李清照集·附朱淑真詞（二册）
杜甫詩選（簡注）（二册）
杜牧詩選（二册）

文華叢書

書目　二

辛弃疾詞（二册）
呻吟語（四册）
花間集（套色、插圖本）（二册）
孝經·禮記（三册）
近思録（二册）
林泉高致·書法雅言（一册）
東坡志林（二册）
東坡詞（套色、注評）（二册）
長物志（二册）
孟子（附孟子聖迹圖）（二册）
孟浩然詩集（二册）
金剛經·百喻經（二册）
周易·尚書（二册）
茶經·續茶經（三册）
紅樓夢詩詞聯賦（二册）
柳宗元詩文選（二册）
酒經·酒譜（二册）
秋水軒尺牘（二册）

唐詩三百首（二册）
唐詩三百首（插圖本）（二册）
荀子（三册）
孫子兵法·孫臏兵法·三十六計（二册）
格言聯璧（二册）
浮生六記（二册）
秦觀詩詞選（二册）
笑林廣記（二册）
納蘭詞（套色、注評）（二册）
陶庵夢憶（二册）
陶淵明集（二册）
張玉田詞（二册）
曾國藩家書精選（二册）
飲膳正要（二册）
絶妙好詞箋（三册）
菜根譚·幽夢影（二册）
菜根譚·幽夢影·圍爐夜話（三册）
閑情偶寄（四册）

夢溪筆談（三册）
傳統蒙學叢書（二册）
傳習録（二册）
搜神記（二册）
楚辭（二册）
經典常談（二册）
詩品·詞品（二册）
詩經（插圖本）（二册）
園冶（二册）
裝潢志·賞延素心録（外九種）（二册）
隨園食單（二册）
遺山樂府選（二册）
管子（四册）
墨子（三册）

論語（附聖迹圖）（二册）
樂章集（插圖本）（二册）
學詩百法（二册）
學詞百法（二册）
戰國策（三册）
歷代家訓（簡注）（二册）
顔氏家訓（二册）
*骨董十三説·畫禪室隨筆（二册）
*姜白石詞（一册）
*珠玉詞·小山詞（二册）
*雪鴻軒尺牘（二册）
*經史問答（二册）
*蕙風詞話（三册）
（*爲即將出版書目）